A

MESSIRE PHILIPPES
Des-Portes, Conseiller du Roy, en ses Conseils d'Estat & priué, Abbé de Thiron, & Bon-port.

ONSIEVR,
Les rayons de vostre grande renommee qui éclaire pour le iourdhuy les plus beaux esprits de la France redeuable a vos vertus, au lieu de seruir de Phare à mon esprit pour le códuire en la nuict de son ignorance, sembleroyent auoir aueuglé les yeux de mon ame pour rédre ma cognoissance oublieuse, & la fidelité de mon seruice, que ie vous dedie, aucunement desloyale: si le commún hom-

mage que chacun vous rẽd, ne m'in-
citoit a reuerer vos merites auec tãt
d'autres que les publians s'eternisent
par eux : veu que mesme vne obli-
gatiõ particuliere force mon deuoir
à l'obeissance que ie desire rẽdre volontiers à vos commandemens, qui
estans dignes non d'vn plus fidelle
(car ambitieux de cet honneur, ie ne
le voudrois ceder à personne) mais
d'vn plus grãd & mieux capable que
moy : font (sans neantmoins prẽdre
congé d'eux) que ie me retire ceste
fois au Parnasse de vostre faueur,
pour obtenir de vos Muses Frãçoi-
ses, & mignardes vn passeport à la
mienne grossiere, qui venât des isles
de Canada où elle a chargé le suiet de
son ouurage, demeureroit au port
d'vn eternel silence, comme estran-
gere, & impolie (qualitez qui la ren-
dent de soy mal commode au trafic
si l'affection du temoignage de mon
humble desir, ne l'eust tireedu nauire

de ma crainte, flottant de lōg temps
dans les vagues d'vne doute irreſo-
luë, pour vous l'offrir reueſtuë du
mãteau devoſtre excellence, & l'enuoyer aux autres aſſeuree de voſtre
authorité qui luy ayant fait prendre,
terre la receura, comme i'eſpere entre ſes bras, & la conduira heureuſe-
ment au reſte de ſon voyage auquel
elle deſire faire paroiſtre à tous le
monde, que ie ſuis à iamais,

MONSIEVR

Voſtre treſ-humble, treſ-fidelle
& treſ-obeiſſant ſubiet
DV HAMEL.

ARGVMENT.

Coubar Roy de Guylan a-
uoit deux ans entiers ref-
piré la venuë de Fortunie,
& foupiré fon abfence,
quand pour éclarcir fa doute, il con-
fulta la fcience des Magiciens de fon
pays, qui ayans apris des hurlemens
de leurs demons forcez, ce qu'il n'a-
noyent peu fçauoir du raport d'au-
cunes perfonnes libres, luy firent entendre, qu'Acoumat qui eftoit celuy
qu'il auoit enuoyé vers le Roy d'A-
ftracan, pour l'affeurer du defir de
fon alliance, & de la foy qu'il auoit
donnee a l'Infante fa fille, au lieu de
i'amener fidelement, l'auoit rauie de
force, & conduit en vne terre eftrã-
gere où Mars & Venus (autant contraires qu'il font aux autres pour le
iourd'huy, comme iadis honteux en
foy-mefme par la furprife de Vulcã)

estoyent benins & fauorables:lequel
oracle plus douteux que certain, a-
pres auoir esté resolu entendre les
Isles de Canada,fit prédre à ce Prince vne route plus agitee de flots,que
códuite de zephirs, & moins assistee
d'heur,qu'enflee d'esperance. Car a-
bordé qu'il sust apres vn naufrage
tresgrád au milieu de son voyage, &
apres la perte d'vne bataille naualle,
ou plust ost d'vne surprise que firent
les Sauuages de ce pays , conduits à
leur Roy Castio,&assistez d'vn ieune
Seigneur Fráçois nómé Pistion, qui
auoit depuis peu occupé la place des
amours de Fortunie vacante de long
tés , cuidant auoir gagné vn Royaume nouueau,il perdit le sien, esperát
donner la liberté à vne qui ne la vouloit plus receuoir de sa main,il se mist
en seruage, & pésant oster la vie à só
ennemy,il se dóna la mort par sa cre-
ance. Car apres tous les essais qu'il a-
uoit tentez pour aborder de force,

A iiij

voyant que le feu de ſon courage, ne
produiſoit qu'vne fumee de vanité,
& que les Sauuages qui tenoyent le
port eſtoyent plus aſſeurez de leur
deffence, que luy puiſſât pour les aſ-
ſaillir: Il obtint de ſes Magiciês, de l'é-
châtemêt deſquels il ſe ſeruoit, à de-
faut de ſecours plus certain, & combien qu'il euſt ia cognu leur méſon-
ge, & eſprouué la tromperie de leurs
démons, vn nuage groſſier qui voilât
le ſoleil, de ſon obſcurité , & empeſ-
chât les yeux de l'ênemy de pouuoir
deſcouurir la ſurpriſe, luy permiſt de
faire deſcendre ſes gêdarmes en ſeureté, & de les conduire ſans ſoupçô,
iuſqu'aux barricades de Caſtio , qui
ſe voyât aſſailli, & ne ſçachât de quel
coſte l'ambuſcade eſtoit faite, au lieu
de ſe ioindre aux ſiens ſe ietta dâs les
troupes d'Acoubar, qui ayâs remarqué entre tât de ruſtiques ſauuages,
quelque eſpece de maieſté plus grande en ceſtuy - ci , ſe ietterent ſur luy

pouſſez d'vne cómune ambition de
ſon deſaſtre, qui faiſoit tomber quãd
& ſoy la ruyne de tout ſon peuple,
dõt les vns ſe ſauuerent pour trainer
plus lõg temps leur ſeruage, les autres ſe ralierẽt à Piſtion, reſolus de
perdre la vie en ce iour meſme qu'ils
deuoyent perdre la liberté. Acoubar
ià victorieux de la mort de leur Roy,
ſe promiſt de triompher bien toſt de
la deſroute de ceux qui voulans reioindre nouuelles forces, n'auoyent
ni le tẽps ni l'addreſſe, veu que leur
chef Frãçois eſtoit mieux ſuiuy qu'é-
tendu de ces eſtrangers, & plus con-
templé en ſes beaux faits d'armes par
ces nouueaux aprentis, que ſecondé
en ſa valeur, qui rẽporta à Fortunie
ià certaine de la mort de Caſtio, mais
douteuſe de la ſienne, les marques de
ſa promeſſe, qu'elle aima mieux gra-
uer dãs ſon cœur que de les voir ſan-
glantes ſur ſon chef. Le remede fuſt
prompt, ne voulant contempler vn

A v

corps bleſſé, & luy nier ſon aide, elle
qui pouuoit guarir d'vne ſeule œilla-
de les ames plus offécees. Il tient dõc
maintenãt & ſon heur & ſa vie de ſa
dame, puis que ſes deſirs furent n'a-
gueres fauoriſez de ſa grace, & ſon
corps preſétemẽt garẽti de ſa mort:
mais Acoubar qui eſtoit parti de ſi
loin pour eſteindre ſes flãmes, arri-
uant peu apres, à elle au lieu de trouuer vn ruiſſeau de pitié, qui le raſfreſ-
chiſſe, il ſe plonge dãs vne fournaiſe
de feintes, quil le cõſume receuãt vn
cautere ſãs le ſétir, lors qu'il ſucce les
baiſers de celle qui le trahit meſchã-
mẽt en ſõ cœur, folaſtrãt mignarde-
mẽt pres de ſa bouche. Ces premieres delices (cõmẽcemẽt d'vn poiſon
plus dãgereux) durent peu ceſte fois,
à cauſe des nouuelles que Ergaſte l'vn
de ſens gens, luy apporta que ſon armee ſe débãdoit ſi ſa preſence ne venoit arreſter leur ſuite qui recouroit
aux vaiſſeaux pour le bruit qui eſtoit

de ſa mort. La partie fuſt facile à remettre de la part de Fortunie, plus fa-
cheuſe de celle d'Acoubar, toutefois
agreable, puis que le ſalut de tant de
mõde, le r'apeloit de la ioüiſſance de
ſi peu de plaiſirs. Les ſoldats qui au-
parauant trembloyent de peur ſurẽt
tellement r'aſſeurez voyãs leur Roy
en vie qu'ils n'aſpirẽt plus qu'a le ſuyure quelque part qu'il s'achemine.
Ceſte cõmune allegreſſe en cauſa v-
ne plus grande, car chacun fuſt d'auis
de s'exercer en quelque honneſte
exercice & de luiter doreſnauãt pour
l'hõneur, eux qui auoyẽt n'aguere ſi
bien cõbatu pour la victoire. Le Roy
trouua bon d'obeir à leur enuie, &
voulãt recognoiſtre la fidelité de ſes
gens, & honorer la veuë de ſa Fortunie, commãda qu'on appreſtaſt vne
carriere pour au lẽdemain courre la
bague. Tout fuſt preſt à l'inſtãt, veu
qu'à grand peine la centieſme partie
de ceux qui deſiroyent ceſte iournee

peurent mettre la main à l'ouurage,
qu'ils eſtimoyent (chacun pour ſon
regard (ne pouuoit eſtre aſſez beau
& cõmode, s'ils ny employét leur in-
duſtrie, autãt prompte que belle. Le
Heraut qui publia la iouſte, la fiſt pre
mierement ſçauoir à Fortunie qui ne
demandoit que celle de Piction: toutefois elle vouloit aſsiſter à l'vne &
l'autre, & pour auoir entre tant de
gensd'armes dõt la preſence auſsi biẽ
que l'arriuecluy eſtoit tréfacheuſe,
vn obiet ſur lequel elle peuſt dreſſer
la faueur de ſes yeux , elle reueſtit Pi-
ſtiõ d'vn accouſtremét de Sauuage,
ſo° la couuerture duquel il entre dãs
la carriere, & ſçeut auſsi bien mettre
dãs leur bague, cõme il auoitfait dãs
celle de ſa Maiſtreſſe: le prix luy eſtãt
deu auſsi toſt que l'hõneur, il va rece
uoir lé ioyau des mains de ſa Dame,
& ſe retire ſans parler dãs vne foreſt
très obſcure fuyuant le commande-
mént de Fortunie, qui feignãt de re-

gretter le diamāt qu'elle auoit dóné
a ce Sauuage, anima Acoubar de le
pourſuyure, & de luy rauir ſi faire ſe
pouuoit, le preſēt qu'elle croyoit &
l'auoit ainſi deſiré luy eſtre bien ac-
quis, eſperant qu'il ne retourneroit
iamais de ceſte fuite. Acoubar qui a-
uoit eſté eſleué de ſon Royaume par
la violence de ſon amour, ne voulut
demeurer plus long temps apres le
cōmandemēt de ſa Dame, mais par-
tit incontinent pour le trouuer, ce
qu'ayant fait en peu d'heure il ſe viſt
tout ſoudain par l'aſſaut de Piſtion
priué à tout iamais des yeux de ſon
infidelle, qui trahiſſant ſa loyauté par
ceſte feinte, enuoya le Sauuage de-
guiſé en la paiſible poſſeſsion de ſes
amours qui rendēt par ceſte mort la
cruelle Cataſtrophe de ceſte Trage-
die, dōt le ſuiet eſt traité auec vne re-
preſentation plus naturelle, vn diſ-
cours plus poly, & vne ſuite plus
ample par le Sieur du Perier en ſes
amours de Piſtion & de Fortunie.

ACTEVRS.

Acoubar Roy de Guylan.
Le Magicien.
Fortunie Infante d'Aſtracan.
Piſtion Caualier François.
Caſtio Roy de Canada.
Les Sauuages.
Les Genſdarmes d'Acoubar.
Ergaſte Gentilhomme d'Acoubar.
Le Heraut d'Acoubar.

LA LOYAVTE
TRAHIE,
TRAGEDIE

ACTE PREMIER.

Acoubar. Le Magicien.

Acoubar.

Auuage, que te sert de refuser tes
    portes
Non iamais aßiegees à mes fieres co-
    hortes?
Qui pluftoft derechef retarderont les
    eaux
De leurs corps renuerfez que rentrer aux vaiffeaux,
Ie refteray pied coy iufqu'à tant que l'armee
Aye de Canada remporté le trophee:
Pluftoft tout creuera que vainqueur deffus eux
Ie ne baftiffe icy vn faint temple à mes dieux:
Ieffay bien que le fort d'vne inique fortune
Fuft n'aguere pour toy, mais fi elle eft commune,
Et fi l'eftat humain fe manie en changeant,
Peuple, qui que tu fois ie t'en feray autant,
Celuy n'eft pas vainqueur qui pourchaffe la gloire

D'vn combat commencé sans la tenir encore.
Mais celuy peut deux fois se ioindre à l'ennemy
Qui luy monstra le dos surmonté à demy
Ne t'orgueillit point donc race non aguttie,
D'auoir encommencé vne telle tuerie.
Ie m'en ressentiray pour venger tant de corps
Pasture des poissons qui n'agueres sont morts,
Parmy les flocs marins aux ondes infidelles,
Poursuyuis impareils de vos fleches bourrelles.
Ainsi comme l'on void trois lyons affamez
Espouuanter affreux autant d'enfans pasmez,
Qui cuidans s'échaper, par leur fuite legere
Demeurent sans mouuoir mesme dans la carriere.
Ou ainsi que souuent en la froide saison,
Quand les nuaux obscurs broüillent nostre horison,
Et que pour menasser les geans de la terre
Iupiter fait au ciel retentir son tonnerre,
Le Laboureur en vain tasche d'aller deuant
La gresle qui le suit legere comme vent,
Il redouble ses pas, il se met hors d'aleine,
Encore est-il surpris au milieu de la plaine.
Lors il change conseil, & voyant qu'il ne peut
Aller sec au logis, puis que desia il pleut;
Il cherche les buissons pour s'il ne peut sa teste
Au moins sauuer son dos du coup de la tempeste,
Mais le flot pluuieux qui par l'air va bruyant
Ne pardonne non plus à son dos qu'au deuant:
L'orage estant passé, il ne iuge partie
Qui ait peu echaper les froideurs de la pluye.
Mon courage pareil auoit malgré le sort
Entrepris d'amener mes vaisseaux en ce port,
Les voiles mis au vent & l'ancre retiree
Animerent deslors le furieux Neree
Et deslors i'apperceu presage du meschef,

Vn orage cruel tournoyer sur mon chef.
Les Zephirs (creue-cœur de mes plaintes tardiues)
Me r'appelloyent fuyard au sable de leurs riues
Deslors que ie quittay pour me rendre aux plus grãs
Cent mille fois maudits le respir de leur vens,
La vengeance des Dieux enceinte de colere
(Ainsi que ie le croy) ne me pardonna guere,
Car d'vn vomissement elle iette sur moy.
Et les miens innocens de la coulpe du Roy:
(Car ils n'ofencoyent point en faisant leur office)
Leur venin marqueté de haine & de iustice,
Tout se bande mutin contre vn qui ne veut rien,
N'est-ce pas la raison, que recouurer son bien?
Mon dessein n'estoit autre: autre chose ne prie
Les Dieux que de me rendre à toy ma Fortunie.
Neantmoins au milieu de ma route i'ay veu.
Mais ore qu'ainsi soit, puis qu'ainsi vous a pleu,
Tant de braues soldats de ma guylanseconde
Par l'assaut de vos venes enseuelis dans l'onde,
Quoy? vous auez cruels vomy vostre courroux
Contre vn Roy innocent, & vous vous dites doux.
Ie croiray desormais voyant telle iniustice
Qu'au ciel non plus qu'icy ne regne de iustice:
Et apres que l'Astree eut quitté ces bas lieux
Qu'on luy fermastla porte, & l'entree des cieux.
Vous qui par tant de fois promistes debonnaires,
Que vous seriez des Rois gardiens tutelaires.
Or ne vous souuient plus contre moy irritez
De rendre aux meffaisans leurs peines meritez,
Que si mais ie ne veux: non, ie l'oseray dire,
Vous ne destournez point de ma teste vostre ire:
Ie proteste, ennemy, des plus grands immortels,
Razer à mon retour le pied de vos autels.
Il ne restera rien chez moy de la memoire.

De ces grans Citadins enuieux de ma gloire.
C'eſt affaire aux coüards de n'oſer ſoucieux
S'attaquer offencez à la troupe des Dieux:
Comme ces fiers Geans pareils à vn coloſſe
Qui vouloyent couronner Olympe du mont oſſe,
Ie les aborderay quand vn ſoudre venteux
Deuroit choir ſur mon chef, comme iadis ſur eux
Le tonnerre grondant qui caſſa la cerueile
De ces mutins, voula ns mettre Dieu en tutelle.
Que me peut-il reſter dauantage, peruers
Que ce rauiſſement regretté de mes vers,
Deploré de mes cris, ondoyant de mes larmes
Et bagné dans le ſang du fort de mes vacarmes!
Miſerable Acoubar le plus funeſte ſort,
C'eſt en voulant mourir de ne trouuer la mort.
Le rigoureux cizeau dont la parque menace
Les guerriers n'eſpouuante aucunement ta ſace.
Si fortune douteuſe accompagne tes veux
Viuant, ô triſte Roy, tu ſeras trop heureux:
Si comme elle a eſté : elle t'eſt aduerſaire,
Et tu meurs au combat ta peine eſt bien legere.
Car c'eſt vn doux treſpas : en perdant ſes amours
D'en perdre le deſir , & la flame des iours.
Que fais-tu donc icy obey à l'enuie
De ton ame qui veut courir à Fortunie.
Haſte-toy donc , & ſi quelque amour eſt en toy,
Fay paroiſtre les feux d'vne loyalle foy.
Depeſche vitement : vne choſe remiſe
Ne ſuccede ſouuent au deſir de la priſe.
Tu as eſté vaincu, repouſſé mis à bas:
Et tu n'oſe poltron releuer les combats.
Que dira Fortunie? helas que dira-elle?
Que tu n'oſe aborder vne terre nouuelle?
Elle ſoupçonnera que c'eſt pour ſe venger,

'Qu' Acoubar hazardoit ses vaisseaux au danger,
Non point pour la rauir durement asseruie
Au traistre qui l'auoit de son maistre rauie:
Ses premieres amours qui respiroyent à toy
Douteront desormais du serment de ta foy:
L'arbrisseau vne fois ployé de sa torture
N'est facile a dresser quand l'escorce en est dure:
Ie luy satisferay auant que ces esprits
Agitez de l'orage ayent ce soupçon pris,
Mais quoy? i'ose beaucoup. Las! que pourray-ie faire,
Si la terre, le Ciel, & la mer m'est contraire?
Ame de mes amours, helas! pardonne-moy,
Si comme ie voudrois, ie ne cours point à toy
Le chemin m'est bouché & la porte fermee,
Le hazard ennemy, la fortune esprouuee.
Entre tant de desirs: & si peu de moyens
Seulement ie recours à nos Magiciens.
En voicy vn venir, ainsi que ie presage
Resolu de mourir quoy qu'il soit le passage,
C'est le dernier essay, entre mille trauaux
Qu'il me faut pratiquer pour sortir des vaisseaux
Mes troupes dont le cœur la valeur & l'audace
Maugree despitant le port de ceste place
Qui leur est deffendue, ainsi qu'vn haut fossé
Arreste le cheual de son maistre poussé,
Car auec peu de gens i'ay descendu à terre
Lasse trois iours entiers d'vne nauale guerre,
Ma bouche respiroit les brouillars de la mort,
Si ie n'eusse soudain mis le pied en ce port.
Mais d'aller plus auant, & de passer ces roches,
Castio, & ses gens sont campez icy proches,
Ils tiennent l'auenue, & la gardent si bien,
Que pour les aborder ie ne contemple rien.
Ces horribles coupeaux incongnus & estranges

Eſpouuantent à voir mes plus braues phalanges.
Nul gendarme tant fier qu'il ſoit & courageux,
N'oſcroit ſeulement ſe deſcouurir à eux.
Vous ſçauez ceſte nuict quant gendarmes indices
Pareſſoyent au ſommet de ces hauts precipices.
I'en friſſonne de peur, non de peur : car iamais
Ma valeur ne trembla pour vn ſi peu d'obiets:
Mais de deſpit, de rage, & dire forcenee
De ne pouuoir contre-eux aprocher mon armee.

Le Magicien.

Ayant peu commander aux demons qui à coup
S'aprochent de mes cris & me reuelent tout.
Et ayant tant de fois fait rebroſſer farouche
Le Soleil au repos de ſa nuitiere couche.
Fait iaunir ſon viſage & ſes rayons couuers
De blanc, de noir, de rouge, entremeſlez de verd,
Commandé (obey des animaux barbares)
A Pluton à Minos, aux ſpectres, & aux lares,
Congnu ce que les ans auoyent ià fait paſſer
Et preueu le deſtin que lon a peu penſer
Au conſeil plus ſecret de la bande celeſte,
Autant qu'elle fuſt onc mon aide ſera preſte
A tes chaſtes deſirs, flames d'vn vray eſpoux,
Et te ſeray benin puis que tu crois à nous.

Acoubar.

Tu ſçais bien pour auoir d'vn eſprit trop volage
Obey à ta voix : que i'ay fait vn naufrage
De gens & de vaiſſeaux : ſi horrible & nombreux
Qu'ils eſpouuanteront le naucher tenebreux
Fuitif dans ſa nacelle, agitee de rames,
Pour ſe ſauuer peureux de ceſte troupe d'ames.
Neantmoins eſſayant le reſte encor vn coup,
Hardy, ie te ſuyuray & employeray tout.

Le Magicien.

Prince ne doute point, i'ay la Lune changee
En cent mille façons semblable à vn Prothee.
I'ay retenu le cours de Titan dans les Cieux,
Et l'ay fait estonner tremblant sur les essieux
De son char embourb que plus le cheual pense
Emporter de roideur, moins alors il auance.
Ainsi que la Remore attarde sous les eaux,
De sa dent asslee vn monde de vaisseaux
Qui agitez du vent qui s'irrite & tempeste
Ne deslient pourtant l'arrest qui les arreste:
Ce petit animal est plus braue chez soy
Que les flots debattans la force de leur Roy.

Acoubar.

Ces faits sont incognus en la terre où nous sommes
Sinon à vos esprits les deitez des hommes.

Le Magicien.

Ces demons infernaux, priuez du tout amour
Qui me dirent le lieu, la place, le seiour,
Le pole, le pays, ou erroit Fortunie
Tant ils furent forcez du sort de ma magie,
C st mesmes auiourd'huy, auiourd'huy que ie veux
Estendre mon pouuoir (si aucun i'ay sur eux)
Coniureront mutins pour se monstrer fidelles
Au serment que i'en ay encontre ces rebelles.
Et ne veux pas qu'aucun auerti du haut ton
De ma voix paresseux demeure chez Pluton,
Sus qu'ils accourent tost: cependant ie vous prie
De ranger promptement vostre gendarmerie.

Acoubar.

Quels scadrõs les premiers marcherõs? que veux-tu
Que ie range des flots traitrement combatu?
Engagé dans les eaux, dessus l'onde marine
Fay luy donc vn passage, afin qu'elle chemine.

Ou si quelque puissance est cachee en tes vers,
Fay que Neptun se fende, & ses flots soyent ouuers,
Tu rengrege ma playe, & la rens plus horrible.
Peu profite en malheur de bailler l'impossible.
Ce qui plus me retarde en ce port, sçay-tu pas
Que c'est pour ne pouuoir mettre mes gens à bas?
Ils ont prou de valeur, d'hardiesse & courage.
Mais quoy? que feront-ils au bord de ce riuage:
Dequoy me seruira de voir vn nombre grand
S'il luy est deffendu de passer plus auant ?
Si comme vn Hannibal encor il falloit fendre
Les Alpes, i'oserois sans doute l'entreprendre:
Mais mon ambition engageant mes soldars
Trouueroit en ces rocs de plus fermes rampars,
Inhumaine rigueur de voir que Fortunie,
Puisse moins s'aborder que la grande Italie.   (tour
Quels destroits? quels deserts? quels hazards sont au-
Du bien que l'on desire au combat de l'amour?
Les vaisseaux aux rochers s'aprochent par les rames
Les princes en aimant se reculent des Dames.
Le cheual furieux qui martelle de coups
La terre, ayant le frein, en chemine plus doux.
Vne femme agreable autant comme elle est belle
Adoree qu'elle est en deuient plus cruelle.
L'orgueilleuse beauté dedagneuse d'amours,
Se flechit seulement plus humaine aux vieux iours.
Donc ie t'accuse amie & cent fois ie t'accuse,
Que tu n'accours à moy, t'eschapant d'vne ruse:
Desia i'ay fait pour toy, ce que ie n'eusse pas
Pour mon pere viuant s'il estoit icy bas:
Les Zephirs messagers de ma flame impareille
Ont ià de ma venue assourdi ton oreille,
Et tu demeure encor, ô fille d'Astracan
Negligente de voir le Prince de Guylan

Ton espoux tresloyal, & à qui la nature
T'obligeoit sans le fait d'vn desloyal pariure.
Le Magicien.
Retenez ces regrets tant que nous ayons veu,
Si mon enchantement quelque chose aura peu,
Ie m'en vay coniurer sans tarder dauantage
Mes demons de couurir d'vn obscurci nuage
Ces costes de la mer, pour pressant leur reueil
Les surprendre chacun enchantez de sommeil
Ou si les yeux ont ià surhaußé leur paupiere,
Qu'ils cherchent sans y voir de Phebus la lumiere.
Nos soldats qui ont bien remarqué le seiour,
Les enuironneront cependant à l'entour
Les presseront de pres là où ils puißent estre,
Et chargeront deßus sans y rien recognoistre.
Acoubar.
Or soit à la bonne heure.
Le Magicien.
Allez tost, & que tous
S'aprestent bien armez de force & de courroux
Pour la teste baissee aprocher ces sauuages,
Qui nous peußent tenir long temps en ces riuages,
Et honteux nous causer de reprendre en commun,
Le chemin trop diuers des ondes de Neptun.
Acoubar.
Que si Mars quelque peu nos prieres écoute,
Fauorisant nos vœux les voila en desroute.
Le Magicien.
Cependant mes demons, mes ombres, mes esprits
Acourez seconder mes desseins entrepris,
Par ces mains qui vous ont immolé tant d'off. andes
Ie vous éuoque tous des infernalles bandes:
Et tous ie vous appelle à mille & milliers
Pour debatre l'honneur qui viendra des premiers.

J'entens vn tintamarre:ils viennent, sus qu'en tout
Ma voix a esté ouye , ainsi que ie l'ordonne.
Semez parmy Iunon les nuages obscurs
De l'eternelle nuict enclose dans vos murs.
Couurez-moy le Soleil,bandez moy son visage,
Et que parmy le ciel ne se voye qu'orage.
Qu'vn ancien cahos difforme sans compas
Demeuré pour vn temps:que le haut soit en bas,
Le feu dessus la terre & Thetis relenee
Se ioigne a toy , ô Phebe ! en ses ondes bagnee.
Voila tout comme il faut : au reste que chacun
Se propose de n'estre à mes vœux importun:
Suyuez-moy compagnons & autour de mes æles,
Gardiens , maintenez des troupes infideles,
Nos soldats combatans sinon pour vostre foy
Pour obeir au moins au vouloir de son Roy.

LE CHOEVR.

LAs ! combien sont les humains
     Les desseins
   Et contraires & volages,
  Les vns se plaisent aux bois
     Mille fois
  Plus qu'ils ne sont au riuages.
Les autres ambitieux
     enuieux
  Des richesses de ce monde
  Les vont cerchans nuict & iour
     A l'entour
  De ceste machine ronde.

Ne redoutans en la mer
     D'abysmer

Ny la Charybde ne Scylle,
Ny les autres accidens,
  Qui abſens
Ne ſont cognus dans la ville.

 ,, Les autres vaincus des traits
  ,, Et attraits,
,, De la belle Ericienne,
,, Vont bien ſouuent egarans
  ,, Leurs parens,
,, Et leur Cité ancienne.

 ,, Car tant que l'ambition,
  ,, Le brandon,
,, Et le deſir des richeſſes,
,, Tant que l'enuie d'auoir
  ,, A pouuoir,
,, Les vertus ne ſont maiſtreſſes.

 Et entre tous ces deſirs,
  Les plaiſirs
De l'ame paſsionnee
Sont tous les plus dangereux
  Entre ceux
Qui ſouuent l'ont accablee.

 Combien fol & eſuenté
  Mal tenté
Eſt celuy qui ſe recree
A tes apas & morceaux,
  Les apeaux
Dont nous ſurprend Cytheree?

 Pourueu que de nos deſirs.

,, Les plaiſirs
,, Nous ſuyuent vne iournee,
,, Nous eſtimons tous les maux
,, Inegaux
,, A cette douceur ſuccree.

,, L'amour n'aprehende rien
,, Et le bien,
,, Qu'il pourſuit pour peu d'eſpace,
,, Ne luy eſt trop cher vendu
,, S'il l'a eu
,, Auant que l'heure s'en paſſe.

ACTE II.

Fortunie. Piſtion. Caſtio. Les Sauuages.
Acoubar. Les gendarmes d'Acoubar.

Fortunie.

Piſtion tu veux donc, tu as donc cet enuie
En mourant d'auancer la mort de Fortunie?
Tu ne veux donc plus viure afin que me chaſſant
Ombre ie te ſeconde au ſeiour paliſſant?
Tu reſpire ma mort en deſirant la tienne
Auançant ta Cloton tu auance la mienne.
En courant au trépas Piſtion ie veux bien
T'auertir ce faiſant que tu preſſe le mien.
Dédaignant les rayons de Titan porte flame
Tu mépriſe cruel le bonheur de ta dame:
Et te voulant ietter parmy les fers pointus
Des ſoldats d'Acoubar d'acier reueſtus,
Ton ambition n'eſt que vainqueur pour trophee

Triompher de ma mort Princesse infortunee,
Ou vaincu quand & toy d'vne estrange façon
Au prince de Guylan me bailler à rançon,
   Auroy-tu bien le cœur? auroy-tu bien l'enuie
De trahir desloyal l'honneur de Fortunie?
Que pense-tu amy seulette me laissant?
Que pensera de toy mon esprit pallissant?
Et que croiront les Dieux autheurs de l'hymenee
Dê te voir nonchalant quitter ta bien aymee?
Auant ton departir pour vn dernier adieu
Ne me refuse point d'ensanglanter ce lieu:
Fay moy ce bon office: à iamais redeuable
I'adoreray le coup de ton fer pitoyable:
Ie t'en sçauray bon gré, hà, Pistion croy moy
Que ie tiendray cela ottage de ta foy.
La glace dans mes os me seroit bien plus chere
Que l'absence de toy ma diuine lumiere.
Tu ne t'estonne point, tu ne t'apreste pas
De roidir contre moy la force de ton bras:
Insensible Caphare : ô roches cent fois dures
Vostre plaisir consiste au bruit de mes murmures!
Vous n'estes point esmeu de mes cris langoureux
Ains semblez qu'a dessein vous esioüissez d'eux.
,, Les idoles des Dieux (estrangeres merueilles)
,, Quand nous les requerons ouurêt bien les oreilles
Et Pistion dedagne orgueilleux seulement
D'escouter mes regrets chose indigne d'Amant.

Pistion.

   Belle de qui le dueil m'est cent fois plus contraire
Que mon propre malheur, que ma propre misere:
Belle donc les souspirs: les regrets les sanglots
Penetrent violens aux plus creux de mes os:
Belle qui arrousant de larmes ton visage
Fais floter mon esprit proche de son naufrage.

B ij

Belle qui te plombant la poitrine de coups
Me meurtris, ià naure d'vn funeste courroux
Contre mon esprit mesme: helas mon ame toute
Veux-tu qu'à Castio ie face banqueroute?
Ce Castio de qui les soldats aprestez
Deffendent en mourant nos propres libertez.
Veux-tu que ie le quite? à qui sa voix plaintiue
Se pourra adresser s'il faut que ie te suiue?
Quel desordre en son camp? que feront ces soldars
Peuple non aguerry aux trauerses de Mars?
De quel cofté fuitif sauuera il sa vie
Si tu veux m'cleuer, ò chere Fortunie?

    Qu'vne sainte douleur emparee de toy
Te face auoir regret du desastre d'vn Roy.
Son ombre (si le sort sur sa teste deualle)
Se monstreroit tousiours à nos yeux triste pasle,
A iamais vne voix poussee au tour de nous
Nous iroit menaçant de l'eternel courroux.
Il me semble desia & desia ie m'apreste
Aux tourmens forcenez du furieux Oreste.
M'amie permettez (puis que par son heraut
Acoubar nous assigne à peine de deffaut)
Que ie marche premier & que par ma vaillancē
Lon remarque les traits de la valeur de France.
Canada me requiert de luy faire ce bien:
,, A vn peuple afligé on ne refuse rien.
Ce séra de l'honneur pour nous parmy ces Isles:
Quand apres la victoire on bastira des villes:
Lors chacun redeuable en esleuant ses tours
Grauera le destin de mes chastes amours.
Leurs Louures somptueux (Royalles entreprises)
Porteront à l'entour mes armes, & deuises.

Fortunie.

Courant à l'incertain tu bastis sur les eaux:

Si tu meurs au combat, adieu Louures royaux:
Adieu tes beaux palais : adieu l'honneur encore
Que tu vas respirant du vent de la victoire.
Pense-tu, Pistion, empescher ces soldars
Qui ont vescu tousiours sous les drapeaux de Mars?
Pense-tu repousser par tes sauuages armes
Des plumes empanez vn monde de Gendarmes
Qui sortirent malgre tes disciples nouueaux
Du ventre monstrueux d'effroyables vaisseaux,
Et dont le corps brillant vestu d'vne cuirace
Promet espouuantable vne pareille audace
Que iadis le Gregeois empreinte dans le cœur
Portoit, quand du troyen il demeura vainqueur?
Vous n'estes point bastans contre si grande armee.

Pistion.

Ma foy est neantmoins au combat engagee.

Fortunie.

Que pouuez vous auoir plus precieux que moy?

Pistion.

Rien plus que vostre amour hors ma loyalle foy.

Fortunie.

Elle m'est ià acquise, & la tiens la premiere.

Pistion.

Il la faut donc fausser ie n'y sçauroy que faire.

Fortunie.

Pour si peu de suiet n'obeir à mes vœux?

Pistion.

Vn desastre commun m'appelle: ie ne peux.

Fortunie.

C'est vostre volonté qui vous presse maligne.

Pistion.

Mais c'est le mesme sort des Dieux qui me destine.

Fortunie.

Les Dieux ne causent point vne desloyauté.

B iij

Piſtion.

Ie n'en commets aucune: ainçois voſtre beauté
Me conuie a ce faire, or ſerois-ie pas traitre
De promettre à vn Roy, & puis n'oſer pareſtre?
Le blaſme qu'innocent i'endure, croyez moy
Madame, ce n'eſt pas pour manquer à ma ſoy.
Si i'eſperoy, helas, qu'eſgarez dans les roches
Nous peuſſions d'Acoubar euiter les aproches,
Nous garentir de luy, & ſortir de ſes mains
Ie voudroy renoncer deſlors à mes deſſeins,
Ie quiteroy le Camp pour (ſous voſtre conduite)
Me ranger aſſeuré dans vne antre petite.
Ce me ſeroit beaucoup de bien en vous ſuiuant
De ne m'hazarder point au combat plus auant.
Mais s'ils mettent le pied dans cette Iſle ſauuage
Quel aſtre nous pourra garentir de l'orage?
Tout le ſort nous menace: & n'y a pas icy
Dame, qui plus que vous en doyue auoir ſoucy.

Fortunie.

Or puis que ie ne peux rompre ta fantaſie,
Adieu mon Piſtion.

Piſtion.

Adieu ma Fortunie,
Adieu ma toute belle.

Fortunie.

Adieu : & puiſſe tu
Auoir les Dieux pour toy autant que la vertu.

Piſtion.

QuandTitan ſommeillãt dans l'Ocean ſe plonge,
Et que l'ombreux Morphé (diuinité du ſonge)
Vient ſaiſir les cerueaux, les troubler ſoucieux,
Confond e peſle-meſle, & renuerſer les Cieux:
Quand dus ie les rayons ſe cachent dans la nuë,
La terre n'eſt point tant que mon ame eſperduë

Les fleurs qui alterez de ſes feux ont produit
Au iour mille bouquets ſe repoſent la nuit.
Les cheuaux qui laſſez a promener vn coutre
Ont labouré les champs ne paſſent point plus outre,
L'artiſan ſe retire, & iuſqu'au l'endemain
Donne tréue agreable au trauail de ſa main.
    Toy ſeul (ó pauure Amant) en perdant ta lumiere
Tu demeure eſperdu, & ne ſçaurois que faire.
He'las te dois-ie ſuiure ? à qui dois-ie ranger
Mes armes & de qui deffendre le danger?
Si Caſtin viuant laiſſe enuahir ſa terre,
Nous ſommes ſans repriſe impareils en la guerre:
Si Fortunie auſſi s'eſgare de mes yeux
Vainqueur ie ne pourray reſter victorieux,
Car l'eſperant ſauuer des mains de l'aduerſaire
Ie luy ſeray moy-meſme ennemy & contraire:
Ie reſteray coulpable & entre tant de morts
La ſienne cauſera à mon ame vn remors
Qui l'ira tenaillant d'vne dent non laſſee,
Comme on voit le vautour au corps de Promethee
Se repaiſtre glouton, touſiours recommençant
Le banquet preparé de ſon cœur renaiſſant.
    Mais deſia le conſeil eſt pris de cet affaire:
Puis que ie l'ay voulu il me faudra parfaire,
Tant de belles raiſons ſont pour me retarder.
,, Celuy ne doute rien qui ſe veut hazarder.
Il me faut au pluſtoſt aprocher des gendarmes
Pour monſtrer valeureux la force de mes armes
A ce peuple eſtranger, que ie veux ſouſtenir
En tant que ie pourray, quoy qu'il doiue aduenir.
    Caſtio & ſes gendarmes Sauuages.
    Amis, vous ſçauez bien : ce n'eſt point ma folie
Qui a fait aborder cette gendarmerie
A nos haures lointains : car il m'eſt incognu

Pour & à quel deſſein Acoubar eſt venu:
Mon deſſi de regner ſur vne autre prouince,
Et d'enuahir ſes ports n'a prouoque ce Prince:
Car ie ne ſçache point de l'auoir offencé
Soit en luy mesfaiſant ou en l'ayant penſé:
Neantmoins deſirant s'emparer de ma terre
Il vient de gayeté me declarer la guerre
Reſolu de me perdre, & ainſi que l'on voit
Pretend en mon Royaume auoir eu quelque droit,
Menace feu & ſang, & d'vne rage extréme
Cuide ià accrocher mon Royal diadeſme,
Le ioindre auec le ſien, comme eſtant ſans danger
Permis au plus puiſſant deueſtir l'eſtranger.
Ambition gloutonne: inſatiable bouche
Puiſſe deuenir or tout cela que tu touche,
Puiſſent comme iadis à l'auare Tantal
Les viandes t'affamer tranſmuees en metal,
Tu declare la guerre à vn Roy legitime
Te iugeant le plus fort, irreparable crime,
Mais ſi les Dieux hautains maintiennent l'equité
Tu te verras puny de ta temerité.
Xerxe plus grand cent fois que ta guerriere adreſſe
S'eſtoit ainſi promis la couronne de Grece,
Mais luy qui en allant couuroit toutes les eaux
Du paſſage Pontique auecque ſes vaiſſeaux
Se ſauua ſans ſeiour parmy l'onde marine
Dedans vn ſeul reſtant du iour de Salamine.
,, Qui par trop entreprend n'en vient iamais à bout:
,, Celuy n'auance point qui veut parfaire tout.
,, Touſiours hume le vent l'auare qui machine
,, De ſon proche voiſin la honteuſe ruine.
,, Tantal à touſiours ſoif, & iamais ſouffreteux.
,, Il ne trempe ſa langue alteree de feux,

Les Sauuages.

Ainſi en aduiendra à ce Roy temeraire
Qui ſe veut emparer d'vne terre eſtrangere,
Où ny luy, ny les ſiens iamais en ce deſtroit
Abordez ny venus ne pretendirent droit,
Et il vient reclamer d'vne orgueilleuſe audace
Vn terroir incognu aux premiers de ſa race:
Mais tandis que ces bras pourront roidir contre eux
Ils n'aſſeruiront point vn peuple belliqueux:
Tant que nos muſcles gros aux veines eſtendues
Pouſſeront de nos arcs leurs flẽches iuſqu'aux nues
Tant que nous t'aurons Roy & que deſſous tes loix
Tu nous voudras regir en l'ombre de nos bois:
Tandis que nous viurons noſtre belle prouince
Ne s'aſſeruira point à vn eſtrange Prince.

Caſtio.

J'approuue voſtre cœur mais ce peuple guerrier
Aux charges ordinaire, au meurtre couſtumier
Nous forcera peut eſtre, & montant ſur nos breches
Redoutera fort peu la playe de vos flẽches:
Ainſi qu'vn haut rocher, ou qu'vne grande tour
Ne s'esbranle des coups d'vn zephir d'alentour.
Ce qui plus me trauaille & me tient dauantage
C'eſt la crainte que i'ay durant ce noir ombrage
Qu'ils ne viennent à terre: ayant gagné le bord
Acoubar tout ſoudain reſteroit le plus fort.
Noſtre iour couſtumier eſtoit bien ordinaire
De nous offrir pluſtoſt les rais de ſa lumiere,
Je doute la ſurpriſe: allez tout à l'entour
Du camp, & commandez qu'on batte le tambour.
Chacun ſe tienne preſt.

Piſtion.

Caſtie, qu'o ſe ſerre.
Ordonnez promptement Acoubar a pris terre.

Son armee s'auance, & ià de toutes parts
Au pied de nos rochers viennent les estendars.
Castio.
Restirons nous vn peu : entendons le murmure.
Acoubar à ses Gendarmes.
Ils sont proches d'icy : mais enfans ie vous iure
Que si vous me suyuez d'vne loyalle foy,
Ie vous feray present des largesses qu'vn Roy
Peut libre departir en recompense d'armes
A ceux qui l'ont suiuy inuincibles Gendarmes.
Ne doutez rien : courage, aprochons que chacun.
Castio.
Arme, arme, compagnons qu'il n'en reste pas vn.
Acoubar.
Eux-mesmes des premiers s'auancët, qu'on se räge,
Pistion.
Sus entrons. Acoubar. Tenez ferme.
Pistion.
Aprochons, que ie vange
Le meurtre de mon Roy.
Acoubar.
Ils nesperent plus rien:
Qu'on les suyue de pres: marchons, tenons les bien.
Castio.
Courage, Pistion, que ma mort ne vous donne
Vn desespoir encor de sauuer ma couronne.
Elle flotte mais quoy ? ralie si tu peux
Mes gens pour la deffendre & ie reioindre mieux:
Quand à moy vostre prince, ombre ie m'achemine
Au manoir de Platon où la mort me destine.
Adieu braue François enuié du malheur:
Pardonne moy d'auoir employé ta valeur
En vn choc si funeste, & si mal t'en arriue
Tu te ressentiras dessus l'ombreuse riue

De ma temerité : car c'eſt en vain icy
Que i'ay de ton ſalut trop tard eu le ſoucy.

Les Gendarmes d'Acoubar.

Tu es doncque le Roy ? Compagnon faiſons treue,
Gardons le ſeulement de peur qu'on ne l'enleue.
,, La victoire eſt à nous en tout : ne penſe pas
,, Arreſter le troupeau le berger mis à bas.
Nos gens vont cependant au reſte des Sauuages
Çà & là eſgarez au milieu des bocages.
O iour cent fois heureux : nos prophetes ainſi
L'auoyent ià reuelé, & le croyois auſſi.

Les Sauuages & Piſtion.

Le bruid s'eſpand par tout (Piſtion) & l'armee
Ie croit, que Caſtio dont la dextre aſſeuree
Auoit trop entrepris, eſt mort ſous les cheuaux
De l'ennemy vainqueur, qui verſoit à monceaux
Nos ſoldats inpareils : ainſi que le tonnerre
Decoupe en vn inſtant les eſpics de la terre,
Ou qu'vne greſle rude eſpanduë en vn clos
Vendange nos bons vins dans le raiſin enclos.

Piſtion.

Or donnons derechef l'aſſaut , chargeons encore,
Pourſuyuons le hazard , ou perdons la victoire.
Nous ſommes preſque eſgaux : ie voy de toutes parts
Des leur comme des miens vn monde de ſoldars
Qui giſent dans les champs.

Acoubar & ſes gens.

Enfans ie vous ſuplie
Ceſſez de plus piller , voila il ſe ralie :
Ne permettons iamais qu'vn ennemy ſuitif
Se reioigne à ſes gens ou nous eſchape vif.

Piſtion.

Sus ſus : il faut mourir arrache moy la vie,
Ou que i'aye la tienne amant de Fortunie.

Acoubar.

Aproche Cavalier tu as trop de valleur
Pour loger dedans toy une tremblante peur.

Piſtion bleſſé.

Ainſi qu' Etheoclès mourant tua ſon frere
Ma mort t'adiournera ſon plus grand aduerſaire.
Ie pantelle, ie meurs, que dois-ie deuenir?
Ha! Dieux ie reſte ſeul, helas il me faut ſuyr.

Acoubar.

Ores ſuis-ie vainqueur, & ne reſte perſonne
Qui vueille maintenant debattre la couronne.
Caſtio leur grand Roy nous a laiſſe ſon corps
(Ainſi que l'on m'a dit) auecque tant de morts
Que les Corbeaux gloutons ſe repaiſtront encore
Six mois parmy les champs du prix de ma victoire.
Sacrifice agreable aux Dieux, dont les effets
Puniſſent ceux qui ont decelé les forfaits.

Canada vouloit donc (ô preſomptueuſe Iſle)
A mou traitre fuitif ſeruir de leur aſile,
Le cacher dans ſes tours, & mettre en ſeureté
Vn d ſloyal qui a rauy la liberté
Non ſeulement de toy (ma chere Fortunie)
Mais de moy qui reſpire au ſeul bruit de ta vie.
Ie t'apprendray mutin, & te feray ſçauoir
(Si tu es ignorant) en quoy giſt ton deuoir.
Si tu és eſchapé de ce commun orage,
Et tu reſte viuant ie t'en plains dauantage.
Miſerable ie pleins touche d'vn repentir,
La peine qu'il faudra que ie face ſentir
A tes membres bruſtez d'vne telle maniere
Que ton corps ne ſera en pluſieurs qu'vn cautere.
I'vſeray neantmoins encore de bonté
Puis qu'on ne peut donner à ta deſloyauté
Vn ſuplice pareil, quel eſtrange ſauuage

Euſt voulu comme toy honnir mon mariage?
Frauder de ſon attente & le Roy d'Aſtracan,
Et rauir Fortunie au Prince de Guylan
Son eſpoux, qui t'auoit enuoyé pour conduire
Sa Dame, que tu as forcee en ſon nauire?
Et ſans te contenter de ces faits attentez
Tu la retiens, cruel, deſia par deux Eſtez.
Rens-la-moy en l'eſtat que tu me l'as rauie:
Ou bien telle qu'elle eſt rens-moy ma Fortunie.
Autrement de ce pas ie ſçauray ſi les Dieux
Te recellent auſſi en l'ombre de ces lieux.

LE CHOEVR.

LA Déeſſe Aſtrée
Voyant ià long temps
Eſtre dechaſſee
Des villes, des champs
La foy, la Iuſtice
Ceda à malice
Ses regnes meſchans.

Depuis ſa partie
Las, nous n'auons vcu
L'heur de la patrie
Souſtenu d'vn Dieu,
Comme elle regnante
Eſtoit floriſſante
La paix en tout lieu.

L'inhumaine guerre
S'inſtalla çà bas
Marchant ſur la terre
D'vn horrible pas,

Portant quand & elle
La peine cruelle,
La faim, le trépas.

O sainte Deesse
Que ne reuiens-tu?
Tu seras maistresse
Par tout: attendu
Que de nos malices
Desia les suplices
Nous ont eperdu.

La foy est perduë,
,, Il n'est rien icy
,, Plus bas que la nuë
,, Que traitre soucy:
;, L'amitié iuree
,, N'est point de duree
,, En ce siecle cy.

Le mal que ie plore
Est de la façon:
Plus cruel encore
Pour double raison:
Vne foy iuree
Me fut desliee
D'vne trahison.

Iupin nous tourmente
De ces maux diuers:
N'ayant eu attente
Aux signes aperts
Qu'auant la misere
L'on de mariniere

Nous auoit ouuerts.

Mesme par les songes
Que nous estimions
Des nuitiers mensonges:
Mais or nous voyons
,, Que la nuict certaine
,, Predisoit la peine
,, Que nous endurons.

Toutefois legere,
Si le desloyal
Qui trahit naguere
Mon lict nuptial
Espreuue mon ire,
Que i'oseray dire
Vn tourment fatal.

ACTE III.

Fortunie.   Pistion.
Acoubar.   Ergaste.

Fortunie.

PLore tout de nouueau Princesse infortunee,
Acompagne de cris la route de l'armee:
Poursuy en gemissant la fuite des soldars
De ton cher Pistion qui vaincus sont épars,
Regrette leur desastre, afin que la victore
D'Acoubar ton haineur de toy triomphe encore:
Si tu n'as eu ce bien entre cent mille morts
A la mercy des coups de ietter ton beau corps:

Si tu n'as peu offrir ta poitrine poltronne
Aux ferremens pointus d'une picque felonne,
Choifi-toy une peine, un tourment, une mort,
Un martyre cruel qui te gefne plus fort:
L'on te reprocheroit qu'au Martial carnage
Tu te retire à part, & te mets au bagage:
Ne demeure feulette entre tant de bleffez
Contre qui les couteaux ne fe foient adreffez:
Et qui n'effreuue point nee fous meilleur aftre
L'efpouuantable horreur de ce commun defaftre.
    N'enuie point ton heur, Fortunie mais croy
Qu'il n'y en a pas un plus tourmenté que toy:
Entre tant de foldats qui gifent fur la terre
Dont les corps font fanglans par le fer de la guerre,
Et entre tant de chefs nos fideles amis
Qui ont fouillé les pieds de leurs fiers ennemis.
Le plus miferable eft (ou foit qu'il refte en vie
Ou mort) bien plus heureax que toy, ô Fortunie.
Il flote fans foucy fur le riuage pers
Qui neuf fois tournoyant vogue pres des enfers,
Et paffe dans le creux d'une barque petite,
Le vaiffeau non efmeu du fommeillant Cocyte.   .
,, Quand l'arreft de la mort nous abannis d'icy
,, Deueftus de courraux nous fommes fans foucy.
Gens heureux mille fois qui n'auez autre cure
Apres le doux trefpas que d'une fepulture.
Un regret pitoyable, un trifte creuecœur
(Ainfi comme ie fens) ne vous ronge le cœur,
Et un cuifant remors laiffé aux funerailles
Ne fe rend derechef bourreau de vos entrailles.
    Sur moy cefte fureur qui Medee enflama
Au fang de fon fang propre: & qui mere tua
La chair de fa chair mefme, & l'efprit de fa vie
R'allume les flambeaux de fa grand' tyrannie.

Auiourdhuy égalant la rage d'Ixion,
Il me semble de voir l'ombre de Piſtion
Afreuſe, paſle, noire, & me donnant cruellé
Le reproche d'auoir eſté trop infidelle:
M'acuſe de pariure, & apres ſon treſpas
Me dit que ie deuoy par tout ſuyure ſes pas,
Me charge de ſa faute, & reproche l'offence
Qui ne peut s'arreſter deſſus mon innocence.
Le blaſme dont il veut ma clarté obſcurcir
Retombe ſur luy-meſme, & le vient renoircir.
Ainſi comme lon voit les Venitiennes glaces
Enuoyer les rayons de Titan à nos faces.
Toy-meſme tu fus cauſe, & ſi ne voulus pas
M'é permette, obſtiné, de courir au treſpas,
Que i'iray talounant d'vne ſuite voiſine,
Ta mort, ſi tu es mort, à la mort m'achemine.
N'en fis-ie point inſtance? & encore cent fois
Ie me mis en efet de veſtir le harnois,
Choiſi le morion, dont la ſuperbe creſte
N'eſt digne que d'vn chef pour ce monſtrer en teſte.
Les horribles Canons, qu'onques ie n'ay tenté
Ainſi que tu croyois, m'euſſent eſpouuanté.
Tu auois ce ſoupçon, tu m'eſtimois trop lâche
Pour porter ſur l'aureille vn ondoyant panache.
Et donc tu as voulu ſeul tenter le moyen
De rompre ce grand Roy mon haineur ancien?
Seul tu l'as eſſayé: helas! eſtois-ie indigne
De te voir en mourant panché ſur ma poitrine?
Ie crains bien.

Piſtion.

Piſtion, pour ta temerité
Tu reçois le loyer que tu as merité.
Sain de corps, mais nauré des beaux yeux de t'amie
Tu as voulu courir malgré ta Fortunie,

Te mettre des premiers, & les troupes ranger
Et ore tu retourne en vn double danger.
Naguere es-tu parti bleßé d'vn doux martire,
Maintenant d'vn cruel que tu n'oserois dire,
Et ce qui plus encor rengrege mon malheur,
C'est que tout est perdu.

Fortunie.

Que dis-tu? Pist. *Pour le seur*
La pluspart de l'armee à veu la Parque blesme.

Fortunie.

Et le Roy, que fait-il?

Pistion.

Et Castio luy-mesme,
Qui tonnoit furieux comme vn foudre en Esté
Est tombé à mes pieds son tombeau apresté.
Le cuidant releuer, la troupe qui s'aproche
Me ceint enuironne du pendant d'vne roche,
Ou plus ie me retire, alors cognus-ie bien
Le malheur qui me presse. & ià desia me tien:
Ie m'enflame en moy-mesme & osant dauantage
Ie sens hommc, & cheuaux pour me faire passage,
Ie r'alie ma suite, & voulant derechef
Esprouuer le combat i'eu ce coup sur le chef,
Que ie porte mourant à la tronpe infernale
Pour gage le plus saint de ma flame loyale.
,, Les guerriers genereux bleßez au champ de Mars
,, Non au dos mais au front, retournët plus gaillars,
,, Car fraudez de l'honneur d'vn inconstant trophee
,, Ils remportent au moins leur valeur engrauee
,, Dans la playe sanglante: onc poltron en enfer
,, Ne descendit marqué de la pointe du fer,
,, Que les Cyclopes noirs, & chaßieux de braise
,, Battent incessamment au pied de leur fournaise:
,, Ou si le coutelas leur a caßé les os

,, Faute de l'auoir veu ils furent pris au dos.
Fortunie.
,, Trop de temerité n'eſt tenuë à courage:
,, On doit diſcrettement ſe ſauuer du naufrage.
Celuy qui au milieu des ondoyantes eaux
Sans mas ny gouuernail deſancre ſes vaiſſeaux,
Et à force de vœux ſans rame ny pilote
Veut arreſter apres ſon nauire qui flote
Ne merite (deçeu en ſes ſots apetis
Qui le trainent grondans) les faueurs de Thetis.
Ainſi en fiſtes-vous.

Piſtion.
Ainſi veux-ie, cruelle,
Endurer le tourment de ma faute mortelle:
Ainſi veux ie languir, & rengreger touſiours
La playe qui me mine en l'Auril de mes iours
Ainſi veux-ie en ces bois faire la penitence
Tant qu'il plaira aux Dieux, de mon outrecuidance,
Qui ne pourra iamais attendant le cercueil
Endurer plus de maux que pour ton propre dueil:
Ainſi veux-ie ſeulet dans vne grote baſſe
Verſer mille ruiſſeaux pour lauer mon audace.
Or donne-moy conge de partir de ce lieu,
Pour gage de ma foy ie te donne vn adieu:
Rens-moy le reciproque : ô beauté amiable!
Ne monſtre plus long temps à ma face coupable
Les rayons de tes yeux , cache dans leurs rideaux
Ces beaux feux empruntez des celeſtes flambeaux.
Tu ne me reſpons mot , tu veux ma departie,
Tu l'acorde , ſay point ? te taiſant , Fortunie.

Fortunie.
Que pluſtoſt mon eſprit aille croiſtre les morts
Qui deſcendent là bas deueſtus de leurs corps
Et vn nombre pareil que lon voit ſur les riues

De fueillages tombez aux Automnes tardiues.
Que pluſtoſt ie te perde, ô clair Soleil des Cieux,
Que mon cher Piſtion s'abſente de mes yeux.
Si tu fuis ma preſence : à cet heure ie prie
Toutes les deitez de venger Fortunie.
Mon cœur ne manque point de courage : ie ſçay
Vn remede fort prompt. & ſi te guariray
Auant que le beau iour fuitif de nos carrieres
Se plonge dans le creux des ondes marinieres:
Attens-moy.

Piſtion.

Ie le veux : & iuſques à la mort
Proteſte t'obeir.

Fortunie.

Tu m'obligeras fort.

Piſtion.

Puis que ie l'ay promis, ie l'attēdray: mais ombres
Decochez, adreſſez vos funeſtes emcombres
Sur mon chef miſerable: helas! ſi quelque amour
Vous enflame, Demons, accourciſſez le iour
Du plus triſte mortel qu'auiourdhuy ſous la Lune
Vous puiſſiez contempler eſclaue de Fortune:
Nō point que ie me laſſe, hé Dieux! c'eſt tout mō heur
De te ſuyure touſiours : car auſſi mon malheur
Sourd bien de plus auant : mais de voir trop felonne
La rage d'Acoubar qui ma route talonne:
Aſpire au meſme bien que ie poſſéde heureux,
Et me veut abordé defrauder de mon mieux.
Ce fais me fait languir, & plus ie me releue
Moins me peux-ie donner de relache & de tréue.

Tu reſpire pourtànt à qui de ſon outil
La Parque ià deuroit auoir coupé le fil:
Tu reſpire encor l'air, ô toy qui leger ombre
Deurois auoir paſſé de Stix la riue ſombre!

Ce n'est point le desir de viure plus long temps,
,, Qui me retient icy: c'est la foy des amans
Qu'on doit inuiolable à iamais tenir seure.

Fortunie.

Monstre-moy, Pistion, le coup de ta blessure,
Ne cele point ta playe à vne, dont la foy
Voudroit auoir baillé sa teste au lieu de toy.
Cet herbe que i'ay mise aux parties mal-saines
M'enseigna le pouuoir de ses forces certaines
Il y a ià long-temps: & depuis ie n'ay veu
Arriuer plus de mal à ceux qui en ont eu,
Soufre la quelque peu.

Pistion.

O qu'elle est violente!
Ie ne peux l'endurer tant elle me tourmente.

Fortunie.

,, Les remedes plus promts agissent bien plus fort,
,, Il faut tout endurer pour n'endurer la mort.
Allez donner relasche à vos esprits vne heure,
Cependant qu'Acoubar (dont le proche murmure
M'espouuante desia herissant mes cheueux)
Me viendra saluer.

Pistion.

Laissons faire les Dieux,
Ils soutiendront le droit d'vn hymen si tres-chaste.

Acoubar.

Qu'aperçois-ie icy prés? ne vois-tu rien, Ergaste,
Dans ce petit fueillage? & n'aperçois-tu pas
Vne rare beauté qui auance ses pas
D'vne gaye façon? Ie croy que c'est m'amie.

Ergaste.

C'est elle sans douter: c'est vostre Fortunie,
Preuenez son abord.

Fortunie.

O Prince de Guylan
Qui te force d'aimer l'infante d'Aftracan
D'vn amour fi loyal, que tu ofe aux riuages
De noftre Canada dépiter les Sauuages?
Las! que peux-ie iamais meriter en ma foy
Pour reciproque deu à l'office d'vn Roy?
Accoubar, que veux-tu pour ta bonté royale?
Ie n'ay rien de pareil: ie n,ay rien qui l'egale.

Acoubar.

Ce feul bien ie requiers que nulle cruauté
Ne fe loge iamais parmy voftre beauté.
Et autant que ie fuis bruflé de voftre flame
Qu'autant le foyez vous de la mienne, Madame.

Fortunie.

Ie feroy vne Louue, vn Lyon, vn rocher,
Vn Carphare tortu infenfible au toucher,
Vn tronc inanimé & encor plus cruelle
Si ie n'auoy le cœur d'vne Dame fidelle,

Acoubar

Ie le croy: mais Ergafte allez prefentement
Vers mon Camp: que chacun s'y porte fagement,
Ie ne fuis point venu pour gafter cefte terre,
Ie luy veux feulement faire vne douce guerre.

Ergafte.

Ie vay donc de ce pas commander de par vous
Su peine d'encourir voftre iufte courroux,
Que perfonne ne traite en vainqueur legitime
Ce peuple qu'Acoumar rend fauteur de fon crime.

Fortunie.

Sire, puis que le Ciel fauorable auiourd'huy
Vous rend malgré l'effort victorieux fur luy,
Puis qu'auec peu de morts vous auez le trophee
Contentez-vous du fang de la charge donnee.

N'allez point plus auant pourſuyure ces fuyars
Qui ne virent iamais de ſi rudes baʒars
Nourris dans les foreſts.

Acoubar.

Pour vous ie leur pardonne,
Retenant neantmoins le ſceptre, & la couronne,
Qu'ils retournent cheʒ ſoy les filles, les enfans,
Les chefs, les colonels qui fuyent par les champs,
Les femmes, les ſoldats ſi la foy on me garde,
Seront en ſeureté deſſous ma ſauuegarde,
Acoumar ſera ſeul traiſtre qu'il m'a eſté
Qui n'éprouuera point ma grace, ny bonté.
Aux autres ie remets leur rebelle furie
D'Acoumar ſeulement ie reſpire la vie.
L'eſtranger trouuera vn prince gracieux,
Mon ſubict deſloyal vn Tygre furieux.
Ceux qui ouuertement m'ont declaré la guerre
Ceront de mes amis quoy que Roy en leur terre.
Le pariure vaſſal qui m'a fauſſe ſa foy
N'a que faire d'attendre vne grace de moy.
Où eſt-il ? que ie ſſachè où il erre ce traiſtre
Hà, ie t'atraperay là où tu puiſſes eſtre.

Fortunie.

Il faudroit donc, amy, finiſſant noſtre amour
Prendre l'ombreux chemin de l'infernal ſeiour.
Ce qui n'arriue. ô dieux laiſſeʒ ſa trace noire,
Et ne l'empeſcheʒ point à ſon aiſe de boire
Au fleuue Lethean là où les treſpaſſeʒ
Ouólient en beuuant les traits qui ſont paſſeʒ,
Il pourroit retourné ſe ſouuenir encore
De ſes premieres mœurs ainſi que Pythagore.
Toute haine & rancœur s'ils deueſtent mourant
Auſſi le deuons-nous, quoy que reſtions viuans.
Il n'eſt rien de ſi beau que remettre la peine

, d celuy qui ne veut nous porter plus de haine,

Acoubar.

Ie ne peux, c'est en vain: s'il est parmy les morts
ie me veux assouuir au reste de son corps,
Il s'est mis à trauerse, & craignant ma cholere
Luy mesme s'est meurtry ou bien se l'est fait faire.

Fortunie.

Il y a ià six mois qu'vn seigneur estranger
Que les flots orageux firent icy ranger,
Courtois comme il estoit, & voyant mon seruage
Poignardé le ietta dans le creux du riuage.
Ie le presse obligee en vn si grand deuoir
De me dire son nom que ie ne peux sçauoir:
Seulement il me dit à force de priere
C'est la France qui est ma nourriciere mere,
Et comme la valeur en ce peuple est, aussi
Des Dames nous auons la cure & le souci:
Plus qu'autre nation nous suyuons volontaires
Pour combatre inuaincus l'ombre de leurs banieres.
A ces mots il se ietie au vaiss au qui l'attend
S'esloignant de mes yeux par le soufle du vent.
Ie le conduy de vœux, & luy à ce qu'il semble
De signes me rend grace: alors promte i'assemble
L'esprit de ma raison pour sçauoir vne fois
La regle qu'il faloit tenir parmy ces bois:
Car voyant que seulette en ces ombres sauuages
I'auoy les oisillons (dont les simples ramages
Fredonnant curieux au Printems leur amour
Sous vn air incognu aux chantres de la Cour)
Compagnons de ma voix: & que les boccageres
S'accorderoient peut estre au ton de mes miseres,
Ie pren nouuel aduis en ces lieux desirant
T'imiter, Philomele, au regret de ton chant.
Dés ce temps i'ay vescu vesue sans mariage

Ainſi comme tu vois aux ombres d'vn boccage:
Dés ce temps ſoupirant mon martyre cruel
Ie t'ay offert mon cœur au pied d'vn bel autel
Que ie t'ay eſleué, & pour le ſacrifice
Donné iournellemēt les vœux de mon ſeruice.

Acoubar.

O conſtante beauté ! la foy d'vn vray époux
Quoy que grande, ne peut eſtre digne de vous:
Il n'eſt rien ſi parfait qui encore merite
De voſtre chaſte amour la flame plus petite.

Ergaſte.

L'armee ſe débande, & la crainte ſi fort
A ſaiſi vos ſoldats, que tous vous cuident mort.
Si vous ne paroiſſez, voſtre armee en diſroute
Rentre dans les vaiſſeaux, & ià ſe ſauue toute,
Le bruit y eſt commun : l'amour ne vous doit point
Cauſer de mettre bas toute crainte & tout ſoin:
Si l'ennemy venoit a rallier ſa force
Nous ſerions en danger ſurpris de telle amorce,
Donnez encore treue à la Dame ce ſoir.

Acoubar.

Adieu dōc. Erg. Et demain vous la viēdrez reuoit.

Fortunie.

Voila vn bon preſage ? ô que i'ay d'allegreſſe
De ce qu'il a encor vne telle trauerſe:
Derechef cette nuiЄt, Piſtion, tu auras
Le bon heur de coucher toy ſeul entre mes bras.

LE CHOEVR.

,, **D**v petit enfant la fléche
,, Eſt a craindre nuiЄt & iour:
,, Touſiours il fait quelque bréche
,, Aux flames, & à l'amour,

„ Volage il nous enuironne
„ Soit que foyons en malheurs,
„ Ou qu'ayons vne couronne
„ De laurier comme vainqueurs.
  „ Il n'a point efgard aux aages
„ Aux volontez ny au temps:
„ Veu que fes flames volages
„ Bruflent mefme les enfans.
„ Il embrafe la vieilleffe
„ D'vn feu aufsi grandement
„ Que nous voyons la ieuneffe
„ Eftre efchauffee en aimant.
Les philofophes & fages
Qui penfent regir les mœurs
Par le fard de leurs langages,
Ne peuuent puiffans vainqueurs
Triompher de Cytheree,
Qui maiftrife princes, Roys,
Et la troupe gouuernee
De leurs politiques loix.
  „ Les ieunes, les vieux, les princes,
„ Les Empereurs couronnez,
„ Les magiftrats des prouinces,
„ Et les Roys des aftres nez,
„ Le ioyeux, gaillard, le trifte,
„ Le pleureux, le cafannier
„ Sont efcrits en mefine lifte
„ Dedans l'amoureux papier.
  Or Acoubar tu peux donque
Te difpenfer du ferment
Que tu auois iuré doncque
N'aller les femmes aimant:
„ Puis qu'il n'eft en ta puiffance
„ De te pouuoir obliger

„ A la foy de continence
„ Que tu as fait de leger.
  „ Pour la perte d'vne Dame,
„ Te pouuois-tu garentir
„ De cette amoureuse flame
„ Qui iamais ne peut mentir?
„ Phœnix de son amour mesme,
„ Car cessant en vn suiet
„ Elle reuenge l'extréme
„ Produissant vn autre obiet.

ACTE IIII.

Acoubar. Ergaste. Le Heraut.
Pistion. Fortunie.

Acoubar.

Donc peuple mutin tu voulois sans mot dire,
Et sans m'en auertir rentrer dans le nauire?
Vous auez eu (poltrons) cette temerité
De faire banqueroute à la fidelité
Que vous m'auiez iuree? indignes de mes armes
Et du nom que portez, vous n'estes point gedarmes:
Quelle glace coüarde est coulée en vos cœurs
Que vous treblez de peur, & vo° estes vainqueurs,
Que vous monstrez le dos, & naguere en vos rages
Vous auez mis à sac tant de braues Sauuages,
Qui ne virent iamais en ces bords estrangers
Surpris beaucoup de fois de semblables dangers?
  Que si i'eusse manque au combat ou vous fustes
(I'y marchois le premier) mes douleurs seroyt iustes
Mais n'espargnãt non plus mes bras que vostre chef

J'ay couru comme vous la risque du meschef.
Et vous me delaißez (ô desloyalles troupes)
Parmy ces hauts rochers aux effroyables croupes:
Vous n'auez point de soin des scadrons separé
Si vn lyon m'assaut dans les bois esgaré,
Vous prenez du bon temps au peril de ma vie,
Cependant que ie suis a chercher Fortunie,
vous reposez sur l'herbe, & partans le butin
Laissez reprendre haleine au sauuage mutin
Qui viendra faire teste: ainsi qu'en la prairie
Deux fiers taureaux lassez du choc de leur enuie
En fin restent égaux, quand reuenans aux coups
L'vn s'est trouué dessus, puis à l'instant dessous,
Recommencez la garde, & tousiours en alarmes
Soyez prests de courage & saisis de vos armes.

Ergaste.

Ces feux qui coustumiers de briller aux rampars
Durant la sombre nuict soudain que vos soldars
Se camperent voisins auant que les surprendre
Sont esteins maintenant, ou cachez dans la cendre,
Et leurs chefs genereux qui faisoyent tant d'efforts
Frissonnent des premiers, ou sont presque tous morts
De sorte que des gens de ces deux exercites
Qui parurent à nous, nul ne soit aux garites
Sans sçauoir neantmoins quel chemin plus certain
Les pourra garantir du coup de vostre main:
Les canons delaissez, & les bombardes seules
Nous espouuanteroyent seulement de leurs gueules:
Non, non, ne doutez point: nous ne sommes que bien
Parmy nos ennemis, & si ne craignons rien:
Car tous ceux qui ont peu eschaper la meslee
N'oseroyent attaquer le moindre de l'armee.
Et que faisons nous donc? que restons nous icy
Puisque tous leurs efforts ne tendent qu'à mercy?

Auancez seurement, puis qu'en leur donnant vie
Ils receuront ioyeux voftre Gendarmerie.
Que requerez vous plus d'vn sauuage deffait
Que se rendre à vos pieds comme vn humble subiet?
Respirez-vous sa mort? luy vouez-vous la corde
Vous qui par tant de fois fiftes misericorde?
Ayez quelque douceur: depofant tout esmoy,
Marchez non en vainqueur, mais en suite de Roy:
Les Dames du pays, Callie la premiere
Ayant ià oublié la parque de son pere,
Vous requiert d'vne ioufte, & tant d'autres soldars
Defirent s'exercer chagrins des feux de Mars.

Acoubar.

Volontiers ie t'efcoute: or pourfuy ie te prie.

Ergafte.

Vous deuez ce bon-iour á voftre Fortunie:
Elle qui a vefcu en tant d'aufteritez
Non pour vn peu de temps, mais depuis deux oftez
Elle pour voftre amour qui a tant voulu faire
Merite bien qu'vn coup on tire en fa carriere,
(Sienne puis que pour elle on bride les courtaux)
Que la lance on y porte aux ferremens royaux,
Et que pour l'honnorer les Dames par les ruës
Y foyent (mieux que deuant) de fil d'or reueftues.

Acoubar.

Va porter la nouuelle: & luy baife la main
De ma part: que sans faute elle vienne demain:
Qu'elle prenne son teint & fa belle lumiere
Pour entre les beautez paroiftre la premiere.
Quand à moy, ie defloge, & en vn autre champ
Ie defire aprocher les troupes de mon camp:
Heraut, deffefche toy, viftement à la hafte
Va auertir le peuple, apres qu'auec Ergafte
Tu l'auras fait ffauoir à Madame & dis luy

C iij

Que ce sera demain n'ayant peu auiourdhuy.

Le Heraut.

Mais quel prix le vainqueur en remportera, Sire?

Acoubar.

Sçache-le de m'amour : c'est à elle a le dire.
Au reste delogeons, qu'on batte le tambour,
Qu'on parte promptement tadis qu'on voit le iour.

Pistion & Fortunie.

Encore cette nuict pour ma prise derniere
I'ay reçeu dans tes bras ma faueur coustumiere.
Encore cette nuict i'ay cueilly plusieurs fois
Le bien que lon desire aux amoureuses loix :
Ie ne m'attriste plus de la mort, qu'elle vienne
Prendre sa redeuance ayant ià pris la mienne.

Fortunie.

Et tu voulois mouri? ?

Pistion.

Faute d'auoir pensé
Qu'on se peust esiouir quand on est offensé.

Fortunie.

Ainsi mon Pistion, ne perds point le courage.
Auiourd'huy vn demain nous aurons dauantage :
,, Peu à peu lon s'auance, & iamais d'vn plein saut
On n'a veu de Geant qui soit monté là haut.
Icare quoy que fol en ses emprises vaines
S'aprochoit de son vol aux carrieres hautaines,
Si les feux du Soleil pour sa temerité,
N'eussent point amoly l'ouurage raporté
Que son pere Dedal dans les prisons de Crette
Luy auoit façonnez d'vne ruse funeste.

Gouuernons nos Amours d'vn visage si beau
Qu'on deçoyue Acoubar aueuglé du bandeau
De sa credulité, attendans qu'vn bon Ange
Nous traine fugitifs en quelque terre estrange.

Piſtion.

Qu'eſpere-tu de moy aupres des yeux ialoux
(Puis qu'il t'eſtoit promis d'Acoubar ton epoux?
Ie ſeray tref-ioyeux que tu luy ſois fidelle
Quand ie ſeray party, & qu'vne onde cruelle
Que ie veux pour ſepulchre, en retournant mon corps
M'aduertira flottant aux riues de ſes bords
» Que tu l'aime forcee en la loy de nature
» Qui deffend de commettre à ſon mary iniure.
Ie me tiendray pour gloire ayant veſcu çà bas
Qu'vne Dame m'aima iuſqu'au iour du treſpas.
Car ſi tu ne veux point à deux eſtre maiſtreſſe
(Endure ſeulement) ma lame venger eſſe
Te deliurera d'vn: afin qu'vn plus que moy
Roy te parface Reine eſtant fille de Roy.

Fortunie.

Que dis-tu? quelle rage, & quelle felonnie
Te force d'attenter au bon-heur de ta vie?
Tu veux donc ſans egard de ta fidelité
De partir triomphant de ma pudicité?
Et en faire vn Trophee aux autres qui infames
En riroyent comme toy ignorans de mes flames?
Tant que tu m'aymeras Piſtion ie ſçay bien,
Et l'eſpere de toy, que tu n'en feras rien,
Vn François (comme toy) qui aura l'ame bonne
Ne commettra iamais trahiſon ſi felonne.
Quitter ta Fortunie? & procurer ce mal
A celle qui t'adore? hà tu és trop loyal:
T'eſcarter de mes yeux d'vne ſuite infidelle
Ce ſera Piſtion ſans conge de ta belle
Qui te deſauoura proſtetant en ſa foy
Que tu es malheureux departy malgré ſoy.

Piſtion.

Quoy qu'vn grand creue-cœur mes entrailles deuor-

Madame neantmoins ie vous ſuiuray encore.

Fortunie.

Quel gage en donneʒ vous?

Piſtion.

Par le ſaint Cupidon.

Fortunie.

Ainſi l'auoir iuré Æneas à Didon,
Et ne laiſſa pourtant de quitter ſa Carthage
Plus amoureux des flots que des bords du riuage,
Plus curieux de l'onde où il alloit ſuiuant
L'eſpoir de l'Auſonie agitee du vent
Que de mille citeʒ qu'on luy offroit paiſibles
Proches ſans nauerſer les Caphares horribles:
Si quelque aſtre benin vous promet d'eſtre Roy
En pays eſtranger: c'eſt peu que voſtre foy.

Piſtion.

Ie n'ay point le deſir de cercher l'Italie
Ny les ſceptres lointains au peril de ma vie.
Vaincue vous ayant ſans force de ſoldars
Ie ne veux eſprouuer en autre champ de Mars
Si le ſort des grands Dieux (que d'vn eſprit volage
Ie tenteroy) pourroit me donner dauantage.
Content de ma fortune ay-ie pas aſſeʒ d'heur?

Fortunie.

„ Les victoires gagnees enflament le vainqueur.

Piſtion.

Il iouyt de la priſe, & s'arreſte au trophee.

Fortunie.

Rien moins, plus il pourſuit ſa route encommencee.

Piſtion.

Il n'eſt donc pas encor du tout victorieux.

Fortunie.

C'eſt que l'heureux hazard luy fait eſperer mieux.

Piſtion.
Ie ſuis venu à bout : rien plus ie ne deſire.
Fortunie.
Vous celez voſtre mal , & ne me l'oſez dire.
Piſtion.
Auoir autres penſees que les voſtres iamais.
Fortunie.
Nenny : ce n'eſt pas vous , ie croiray deſormais
Qu'ayant ouy ie ſuis ſourde , & durant la lumiere
Ayant veu Piſtion que c'eſt vne Chymere:
Pluſtoſt i'eſtimeray tournant deſſus deſſous
En guiſe de Cahos que vous n'eſtes point vous,
Ains vne autre perſône, & puis qu'àla meſme heure
Vous reprenez ſubtil voſtre antique figure.
Vos deſirs ſont les miens : & encor oſez vous
D'vn congé refuſé me prier à genoux?
,, Cil qui veut doctement contrefaire les feintes
,, Se doit bien ſouuenir des premieres atteintes.
Mais ie treuue fort bon qu'ayant fait vn faux pas
Vous releuez la bride, & n'y demeurez pas:
Or que veulent ceux-cy? deſia le cœur me tremble
Ie friſſonne de peur , c'eſt vn heraut ce ſemble
Seroit ce bien helas (mais Dieux faites que non)
Pour apeler encor au combat Piſtion?
Ie les veux eſcouter.
Ergaſte & le Heraut.
Me voicy à la Roche
Où nous fuſmes long temps ſa tente eſt icy proche.
La voila elle meſme à propos.
Le Heraut.
Noſtre Roy
Qui vous baiſe les mains par Ergaſte & par moy
Vous prie mille vois (& eſtes la premiere
Qui l'as ſçeu de ſa part) demain à la carriere

C v

Qu'il a fait aprester pour des ioustes nouueaux
Recreer vostre esprit embrouillé de trauaux.

Ergaste.

Madame , son desir est qu'à cette iournee
Vous puissiez contempler la fleur de son armee,
Qu'il a pour vous rauir de son traitre ennemy
Leuee en son pays epuisé qu'à demy,
La feste y sera grande au moyen qu'on espere
Que vostre maiesté marchera la premiere,
Pour remettre le cœur à ces chefs valeureux
Qui ne respirent plus que l'obiet de vos yeux:
Et dont l'ambition ore n'a de visée
Qu'a receuoir de vous pour la bague emportee
Vn riche diamant qu'il vous faut mettre a pris
(Ainsi veut Acoubar) comme lon a apris.

Fortunie.

Puis que le Roy benin de sa grace me donne
Ce bon-iour desire plus cher que sa Couronne,
Ie n'y manqueray point : soyez en sans souey.
Mais les Sauuages , quoy?

Le Heraut.

Qu'ils y viennent aussi
Ie les sommeray tous, descendus de leurs croupes
Pour debatre l'honneur auec toutes nos troupes
Mais de combien diray-ie?

Fortunie.

Au vainqueur qui l'aura
Trente mille ducats , ou bien ce ioyau là
Diamant tres-exquis , que la Reine plaintiue
Me donna en partant de ma natalle riue:
Quoy que ie l'aye cher , neantmoins ie vous veux
(? suite d'Acoubar) recognoistre de mieux,
Puis que pour me sauuer d'eternelles alarmes
Que ie souffrois icy vous auez pris les armes.

,, La Dame qui d'autruy a pris sa liberté
,, Ne luy peut satisfaire, ou soit qu'il l'ait tenté
,, Car tousiours nostre effet ne répond au courage.

Le Heraut.
Vous viendrez.   Fortunie.   Sans faillir.

Ergaste.
Suyuons donc le voyage.

Pistion.
Que s'il m'estoit permis (ô ciel que ne veux-tu)
De desployer contre eux ma Françoise vertu,
Ce seroit moy (maistresse à mes coups fauorable)
Qui prendroit ce ioyau de ta main equitable,
Ce seroit moy tout seul, & nul autre que moy,
Qui offriroit la bague, & la lance à ton Roy:
Ton Roy, dis-ie, mais non : ton haineur aduersaire
Dont i'aspire enuieux vne Parque legere:
Ie n'oseroy paroistre au lieu où tu seras?
Diane me luyra, & tu esclaireras
De tes plus beaux rayons vne troupe rangee
De soldats malotrus qui ont l'ame tournee
Autrepart : comme on voit le Vulcan chassieux
T'œillader (beau Phœbus) pour le mal de ses yeux.
O rage forcenee ! ô despit ! ô detresse !
N'oser suiure au tournoy les pas de sa maistresse.
Diray-ie couardise ? hé non ce n'est point peur:
Dauantage ie crains que mon propre malheur.

Fortunie.
Ie considere icy vne ruse fort bonne.

Pistion.
Quelle ma Fortunie?

Fortunie.
Encore ie soupçonne.

Pistion.
Pourrois-tu gentir mon chemin de hazard?

Fortunie.

Il vous faut déguiser en Sauuage soldard,
I'en ay quelques habits, & en façon grossiere
Entrer comme ignorant, & courre en la carriere,
Puis haster d'esperons le cheual, qui dressé
Aussi bien que pas vn, & des renes pressé
Feracroire à ceux-cy que l'essuyer habile
Est quelque deïté regnante dans cet isle
Ou que ce Bucephal monture d'vn grand Roy
Ne peut porter fumeux qu'Alexandre sur soy:
Apres mille destours conduit de l'esperance
De fraper à l'aneau vous baisserez la lance:
En ce premier essay remarquez seulement,
Au second l'emportant, venez soudainement
Me requerir du prix : l'ayant eu d'allegresse,
Retirez vous alors du milieu de la presse:
,, L'enuie suit l'bonneur, & iamais on ne voit
,, (Tant nous sommes peruers) vaincu qui ne côçoit
,, De hayne contre ceux, qui mettent entrophee
,, Pour vn signe eternel sa gloire rauagee,
,, Il respire leur mort: ainsi que le serpent
Blesse son nourricier de sa pointue dent.

Pistion.

Puis qu'ainsi trouuez bon de mostrer mo courage
De François que ie suis rendez moy vn Sauuage.
Non que ie ne demeure en viuant sous vos loix
Celuy que ie suis or tres-fidelle & courtois:
Sus que i'aye cet heur, que i'aye cette grace
D'estre paré de vous pour accroistre d'audace.
Ces mains qui arme ont ma force de la leur
Me rendront vn Achile impareil en valeur.

LE CHOEVR.

VEnus, nous te rendons grace
Qu'entre cent mille trauaux,
Tu as donné vne place,
Et vn asyle à nos maux:
Qui fait qu'vne belle Dame
Assaillie de malheurs
Banit le soin de son ame,
Et de ses ioües les pleurs.
   Iupiter qui de sa dextre
Semble regir l'vniuers
Ne peut commander en maistre
Sur ces feux par trop diuers:
Mais il faut qu'il obeisse
Aux attraits de son toucher:
Comme lon voit la genisse
Craindre les mains du boucher.
   Neptune qui obtint l'onde
Quand il falut diuiser
L'heritage de ce monde
N'y peut mesme reposer,
Sans y trouuer resistance,
Et sans estre gourmandé
De celuy qui a puissance
Sur tout l'vniuers bandé.
   Ce n'est donc chose nouuelle,
Si Cupidon qui tout nu
Par sa puissance immortelle
Vainquist ce nouueau venu:
Qui trompé de la caresse
De sa Dame (dont la foy
Luy aparoistra menteresse)
Viendra esclaue de Roy.

ACTE V.

Le Heraut.   Fortunie
Acoubar.   Piſtion.

Le Heraut.

Voicy le Caualier n'ayant point de ſemblable
  Qui merite le prix : ſi d'vn droit equitable
Vous eſtimez autant les ſauuages ſoldars
Que ceux qui ſont rengez deſſous nos eſtendars.
Madame, c'eſt luy ſeul qui adextre gendarme
Doit remporter vainqueur & l'hōneur & la palme;
Entre tant de guerriers du Prince voſtre époux
Nul ne va empeſchant qu'il n'obtienne de vous
Le diamant promis, ains d'vne voix commune
Admirent eſtonnez le bien de ſa fortune.

Fortunie.

Heraut, que me dis-tu ? oſe-tu orgueilleux
Preſenter maintenant, ce Sauuage à mes yeux?
Oſe-tu impudent ſauteur de ſon audace
Me l'adreſſer encor conduy en cette place?
Tu te ligue pour luy : & d'vn œil arreſté
Tu contemple l'efet de ſa temerité?
Tu preſente ſa lance, & il deuoit ſuffire
A ta iaſarde voix ſeulement de le dire?
Tu me viens reprocher diſloyal & ſans foy
Qu'vn Sauuage a braue les troupes de mon Roy?
Qu'il les a ſurpaſſez en adreſſe guerriere?
Tu le vas publiant, & tu le deuois taire:
Hà Ciel, ie vous appelle, & vous atteſte tous
Irreprochables Dieux teſmoins de mon courroux.
  Pourquoy fus-ie preſente? & pourquoy temeraire

Ofas-tu auiourd'huy entrer dans la carriere?
Non, non, ô impudent n'espere point de moy
Le ioyau de la course, exempte de ma foy
Je m'en dispenseray, & croiray ton audace
Auoir trop presumé de s'offrir à ma face.

Acoubar.

Il y pouuoit venir l'ayant fait publier.

Fortunie.

Ie ne le tien pourtant pour braue Caualier?

Acoubar.

,, Dãs les rustiques bois la valeur peut bien naistre,

Fortunie.

Vaincu par-cy deuant osoit-il bien parestre?

Acoubar.

Sous ma fidelité il s'y est auancé.

Fortunie.

Ore vengez-vous donc puis qu'estes offencé.

Acoubar.

Auiourd'huy n'est pas temps, ma foy est engagee,

Fortunie.

Auiourd'huy neantmoins il poursuit le trophee.

Acoubar.

Auiourd'huy il le peut, car le prix luy est deu.

Fortunie.

Vous vous deuez venger auiourd'huy l'ayant peu.

Acoubar.

Il n'est point le moteur de la guerre, ains complice,

Fortunie.

Il doit egallement endurer le suplice.

Acoubar.

Chacun doit obeir à son Roy.

Fortunie.

Et chacun
,, Se venger quand il peut des haineux iusqu'à vn.

Acoubar.

Ie ne ſçay ſeulement s'il m'eſtoit aduerſaire.

Fortunie.

Vous le pouuez penſer eſtant ſi temeraire
Que venir affronter meſme dans vos rampars
Et l'adreſſe, & l'honneur de vos braues ſoldars,
Mais tien : ie ne veux plus conteſter dauantage:
Voila le diamant & trouſſe le bagage.

Acoubar.

Heraut , ſay-le ſortir en toute ſeureté.

Fortunie.

Sçache, ſçache, Acoubar, qu'il eſt tout arreſté
Que ce Sauuage fier retourné dans ſes roches
Fera à ton honneur d'execrables reproches.
Superbe il tentera ore victorieux
D'animer contre nous & la terre & les cieux.
O que i'ay de douleur aux Princeſſes commune
Qu'il nous eſt arriué vne telle fortune.
Helas, que ie ſuis triſte ! Acoubar ie preuois
Vn deſaſtre cruel pancher à ceſte fois
Sur ton chef & le mien, ayant veu qu'vn Sauuage
Deuant tes propres yeux noſtre gloire rauage,
Lors qu'il t'eſtoit permis de te venger de luy
Que ne me donnois-tu relache à mon ennuy?
Que ne me faiſois-tu en rendant la iuſtice
A mes vœux requerans vn ſi louable office?
Car tu le pouuois bien.

Acoubar.

Encore ie le veux.

Fortunie.

Mais tu ne le veux pas.

Acoubar.

Qui plus eſt ie le veux:
Sus, qu'on apreſte toſt mon cheual : qu'on aporte

Mon barnois flamboyant, & ma lance plus forte.
Ie le suiuray de pres, & d'vn assaut soudain
Vainqueur luy rauiray le ioyau de la main.

Fortunie.

Allez-y donc vous seul : car d'vne telle offence
Il ne faut pas qu'aucun ayt la cognoissance.

Acoubar.

Mon bras est sufisant pour luy donner la mort,
Ainsi grossier qu'il est, suis-ie pas assez fort?

Fortunie.

Ie le tien : il est pris, s'en est fait, & sa vie
Ne pend plus que de toy. Pistion ie te prie
Si quelque doux zephir te r'aporte ma voix,
Venge-toy d'Acoubar à ton gré ceste fois.
Ne luy pardonne point : amy, si tu l'assomme
Tu feras auiourdhuy vn œuure digne d'homme.
Tu en feras absous par le Dieu Cupidon:
Ainsi gaigneras-tu cent mille ans de pardon,
Ce sera charité, & œuure pitoyable
De sauuer par la mort d'vn Prince miserable
Vne isle ià deserte : en signe de ta foy
Ce peuple t'élira doresnauant son Roy:
Il te reclamera, & moy ta Fortunie
Plus chere mille fois que leur propre Callie
Fille de Castio, qui prenant le suport
De ses pauures subiets à tes pieds tomba mort.
Ayant bien commence ta valeur te coniure
De suyure ton destin, & venger mon iniure.
Employe ton courage, & n'espargne plus rien:
Monstre-nous vn chef d'œuure & paracheue bien,
Pourueu que tu le vueille, il n'est rien impossible
A tes bras inuaincus dont la dextre terrible
Rangeroit sous le ioug de sa guerriere main
Le plus fier Rodomont, & l'Hector plus hautain

Piſtion.

Parmy ces grãds deſers parmy ces noires ombres,
Parmy ces lieux obſcurs, parmy ces landes ſombres,
Dans ces antres voiſins qui portent ſur le front
Les horribles coupeaux de quelque eſtrangemont,
Ie ne contemple icy reſtey de la fortune
Fauorable iadis ny Titan ny la Lune.
Vne nuict ſans ceſſer m'enuironne à l'entour
Et fuis inceſſamment apres l'ombre du iour.
Si i'entens les oyſeaux fredonner leur ramage:
Ie tourne çà & là eſperans dauantage:
Il me ſemble que c'eſt m'amie, dont la voix
Me r'appelle égaré dans l'ombre de ces bois.
Bref, rien ne s'offre à moy que touſiours ie ne die,
C'eſt elle ſans douter, voicy ma Fortunie.
Ie cours à ſon image: & ainſi qu'Ixion
Tu n'aperçoy que vent malheureux Piſtion:
Tu embraſſe vne nuë, encore trop legere,
Tu ne la tiens que peu, & ne l'adores guere:
Si ce n'eſt que ſuyuant ſa fuite pas à pas
Tu appelle touſiours Fortunie au treſpas
De ſon cher Piſtion, qui honteux de ſa gloire
Deteſte abominable, & maudit ſa victoire,
Qui luy donnant le prix luy rauit a ſes yeux
Ta celeſte beauté qu'il eſtime bien mieux.
Que ne ſuis-ie laquais d'vn ſoldat porte-pique
Ou de toy Acoubar eſclaue domeſtique?
Ie te verroy, ma belle, & ore en mes ennuis
Ie ne te peux chercher ne ſçachant où ie ſuis.
Que ſi quelque Demon cognoit ce payſage
Et m'en veut retirer, ie luy feray hommage,
Ie luy feray fidele, & auecque mes vœux
Offriray a ſes pieds vne couple de bœufs.
Ses mains ayans ouuert le ventre de la terre

Mettront le fondement d'vne premiere pierre
Pour luy baſtir vn temple, & d'vn humble deuoir
Re cognoiſtray touſiours ſon ſacrè-ſaint pouuoir.
,, Lors qu'il eſt queſtion de l'amour d'vne Dame,
,, Il faut franchir le pas, & élargir ſon ame.
,, Il ne faut plus douter a dementir ſa foy:
,, Rien n'eſt ſi violent que l'amoureuſe loy.
Pour elle ie voudroy d'vne empriſe mutine
Au prince des enfers rauir ſa Proſerpine,
Et ſçauoir ſi au Ciel, plein de temerité,
L'on pourroit derober le feu de Promethé.
,, Pour ſeruir vne Dame en beauté acomplie
,, Ie vendroy mon honneur, & trahiroy ma vie.
Mais que te ſert cela, Piſtion. & tu vois
Que perſonne n'entend ta douleur en ces bois?
A qui la conte-tu? aux bocageres ſeules?
Ou bien aux ſangliers, dont les ſauuag's gueulles
Irritees de tes cris à l'effroyable ton
Te viendroyent deuorer comme le ieune Adon?
Va plorer ton deſaſtre en vne grotte herbuë
Or dans le creux muet de quelque antre boſſuë:
Empriſonne-toy la Sauuage reueſtu
Pour y fiaer tes ans.

Acoubar.

Sus demeure: où vas-tu?
Arreſte toy poltron: autrement a cet heure
Impareil à mon bras il faudra que tu meure,
Rens-toy à ma mercy & ne recule pas:
Baille le dimant: poſe les armes bas.

Piſtion.

Deſloyal, peux-tu bien auoir tant de courage?

Acoubar

Vn ioyau de tel prix n'eſt deu à vn Sauuage.
Ta premiere valeur ne m'a point éſtonné,

Piſtion.

Ie n'ay rien qui ſoit ſien : car on me l'a donné
Acoubar l'a voulu, & ſous ſa foy loyale
Me ſuis acheminé à la iouſte royale,
Toy, toy qui que tu ſois obey à ton Roy.

Acoubar.

Moy-meſme ie le ſuis : c'eſt moy meſme , c'eſt moy,
Rien n'oblige les Rois a garder leur promeſſe.

Piſtion.

Tu veux donc m'offenſer d'vne lame traiſtreſſe?
Tu me preſſe deſia : or puis que tu es Roy,
Certe, c'eſt la raiſon que i'aproche de toy.
Tu as de l'intereſt (comme moy en ta vie)
Que i'aye plus long temps l'amour de Fortunie.

Acoubar.

Quel Sauuage voicy? ô qu'il a bien apris
Les trauerſes de Mars, & les mots de Cypris!
Ie doute : i'ay grand peur, ie crains bien, ie pantelle,
Que ie ne ſois trahy d'vne Dame infidelle,

Piſtion.

Tu ſoupçonne ton mal : tu és pris à ce coup.

Acoubar bleſſé.

A l'aide, ie ſuis mort : il me faſche beaucoup
De demander la vie.

Piſtion.

En vain ceſte priere,
Ie veux auoir la perte, ou la victoire entiere,

Acoubar.

Ne me pourſuy plus tant : amy ie ſuis à toy,
Ie me dy ton vaſſal, ie te confeſſe Roy,
Ie te cede, Madame : au reſte ie te prie
Donne-moy (en prenant ma couronne) la vie.
Fay-moy ceſte bonté d'vn office pieux.
N'es-tu pas à ton gré encor victorieux?

Qu'espere-tu de plus ? d'vne triste requeste
Ie te vay supliant le salut de ma teste.
Voila ce qui me reste.

Piftion.

O Roy ! il fasche fort
A vn Prince bien né de te donner la mort,
Ma volonté repugne : & neantmoins forcee
Mon ame se transporte à ta mort auance :
,, Tu sçais bien que le sort des pauures amoureux
,, Est de n'auoir iamais compagnon auec eux.

Acoubar.

Tu aime Fortunie, helas, ie te la cede.

Piftion.

Ainsi i'en diroy bien, si i'estoy sans remede.

Acoubar.

Franchement ie la quite.

Piftion.

Et franchement aussi
De visiter Pluton tu prendras le soucy.

Acoubar.

Tu aurois ce courage ? ô disloyales Dames?
Asseurez desormais les hommes de vos flames:
Protestez, iurez tost mal-habiles pourtant
Qui croiront vostre foy qui les va enchantant.
Me deuois-tu ourdir ceste triste furie?
Me deuois-tu ainsi deceuoir Fortunie?
T'auois-ie oncques causé vn despit dans le cœur,
Si ce n'est en entrant que ie restay vainqueur?
Plus heureux mille fois si au milieu des armes
I'eusse laissé sans Roy mes scadrons de Gendarmes,
Mourant ie t'eusse creu, tres-fidele, & ie vois
Que tu m'as abusé de tes propos courtois,
Ainsi que la Syrene, afin que mon nauire
Trebuchast dans le creux de ton courroux plein d'ira

Piſtion.
Voila trop accuſer, Madame, c'eſt en vain
Que tu te veux parer de l'aſſaut de ma main:
Tu as voulu troubler noſtre ſaint hymenee.

Acoubar mourant.
Caualier, tu auras ta peine meritee
Quand laſſee de toy pour vn moindre dépit
Quelque nouueau viendra te tuer en ton lict.
Pour moy, ie te pardonne, & ſçay bien que ta Dame
Te commanda de faire vn acte ſi infame.

LE CHOEVR.

Cache petit Cupidon
  Ton brandon
Et tes flames Cytherées
Maintenant que nous voyons
  Et oyons
Les peines par toy données.

Tu as cauſé vne mort
  Et à tort:
Parquoy deuenus plus ſages,
Deſormais redouterons:
  Et craindrons
De tomber en tes nuages.

,, Fol qui eſpere de toy
  ,, Sans émoy,
,, Et ſans douleur ſubſequente,
,, L'allegreſſe. & les plaiſirs
  ,, Que tu dis
,, Donner aux troupes amantes.

,, Autour du Dieu des amours
　　　,, Tous les iours
　　,, Lon voit perir vn grand nombre
　,, D'amoureux infortunez
　　　,, Destinez
　,, A perir par cet encombre.

Pistion.

Tv es mort neantmoins : deformais ie peux bien
　　louyr de Fortunie & ne craindre plus rien.
Ie suis Roy du pays : & sans doute de guerre
Pourray doresnauant gouuerner ceste terre:
　Ie n'ay plus de pareil, duquel l'ambition
Se voulut égaler au sort de Pistion.
Car pour toutes ses gens, ils n'ont pas le courage
De tenir icy ferme apres vn tel orage.
Ie les estonneray en mettant ceste nuit
Acoubar dans leur camp par mes troupes conduits
Et si demain quelqu'vn apres que la lumiere
Les aura éclairez reste encore derriere,
Il verra le courroux d'vn Prince qui benin
Luy aura fait sçauoir le trouble de sa fin:
Ie ne pardonneray à pas vn des Gendarmes
Si pour me resister ils se mettent en armes:
,, I'estime bien que non : ayant frape le chee
,, Les membres en ont peur, & craignent le méchef
Le Lyon qui a peu malgre les voix hurlant s
Des dogues éueillez, passer iusques aux tentes
Du berger endormy, lois qu'il l'a deuore
Demembre puis apres le troupeau à son gré.

F I N.

9 782019 972189